MW01205858

LA
PERIODISTA

Andrew J. Snider

Read to Speak
Spanish

For more free resources to help you learn Spanish, visit www.readtospeakspanish.com.

Read to Speak Spanish is a part of Reading 633.

Dedico este libro a Ofelia Addison. Que seas tan valiente como Gabriela.

With Special Thanks to:

Teresa Snider and Bret Noble

Lectura A | ¿Quién soy yo?

Hola, me llamo Gabriela. Vivo en la **ciudad**[1] de San Juan, Puerto Rico. Es una ciudad muy importante en el **Caribe**[2]. Vivo en una casa pequeña en el centro de la ciudad. Soy una mujer joven. Tengo veintisiete años. Soy una mujer inteligente y baja. Tengo el pelo muy largo. Soy una de las mujeres **más cómicas**[3] **del mundo**[4]. También soy muy **humilde**[5]. Ja, ja, ja.

Quiero muchas **cosas**[6]. Quiero un perro y una bicicleta. También quiero tomar el sol en la **playa**[7] de Puerto Rico. **Más que nada**[8], quiero ser una periodista famosa.

---

[1] **ciudad** city
[2] **Caribe** Caribbean
[3] **más cómicas** most funny, funniest
[4] **del mundo** of the world
[5] **humilde** humble
[6] **cosas** things
[7] **playa** beach
[8] **más que nada** more than anything

Gabriela vive en San Juan, Puerto Rico.

Lectura B | ¿Quién es Pedro?

Soy Pedro. Soy del Ecuador. Vivo en Salinas, una ciudad en la costa del Océano Pacífico. Vivo en una casa grande en la playa. **Me gusta**[1] la playa. Yo no soy un hombre viejo. Tengo treinta y cinco años. No soy el hombre más atlético del mundo. Soy un hombre bajo y un poco gordo. También soy un hombre inteligente. **Además**[2], soy muy rico. Tengo mucho dinero. Por eso tengo muchas cosas. ¿Qué no tengo yo? **Pues**[3], no tengo pelo… Soy calvo. En este momento, estoy de vacaciones en San Juan, Puerto Rico.

---

[1] **me gusta** to me pleasing it is (In English, "I like")
[2] **además** in addition, additionally
[3] **pues** well…

Pedro vive en una casa en la playa de Salinas, Ecuador.

1 | El turista

Hoy es miércoles. Estoy en mi casa en San Juan, Puerto Rico. **Salgo**[1] de mi casa y **veo**[2] a un hombre bajo, gordo y calvo. Tiene un mapa grande y **parece que**[3] está **perdido**[4]. Parece que es un turista. Decido **saludarlo**[5]. Le digo:

—Buenos días, señor. ¿Cómo está usted?

—Estoy bien, gracias —me dice el hombre—. ¿Qué tal?

—Bien, gracias. ¿Es usted turista? —respondo, **apuntando al**[6] mapa.

—Sí —dice el hombre—, soy turista.

—Me llamo Gabriela. ¿Cómo se llama usted?

—Mi nombre es Pedro. Mucho Gusto.

---

[1] **salgo** I leave
[2] **veo** I see
[3] **parece que** it seems like
[4] **perdido** lost
[5] **saludarlo** to greet him
[6] **apuntando a** pointing at

—Mucho gusto —respondo.

—Necesito un poco de **ayuda**[7] —me dice Pedro—. Estoy perdido.

—¿Adónde va?

—Voy al Castillo San Cristóbal.

—Pues, yo trabajo **cerca de**[8] El Castillo San Cristóbal. Podemos ir **juntos**[9].

—**¿En serio?**[10]

—¡Sí! ¡Vámonos!

El Castillo San Cristóbal is a walled and heavily fortified citadel from the 18th century. It was built by Spain to protect against land-based attacks on San Juan. When you have a moment, do an image search for "Castillo San Cristóbal".

---

[7] **ayuda** help
[8] **cerca de** close to
[9] **juntos** together
[10] **¿En serio?** Seriously?

2 | De camino a la fortaleza

Pedro y yo vamos al **Castillo San Cristóbal**[1]. Caminamos despacio porque Pedro es bajo y un poco gordo. **Mientras**[2] caminamos, hablamos. Pedro me dice:

—¿A usted le gusta su trabajo?

—Sí, me gusta —respondo—. Me gusta mucho.

—¿Qué **hace**[3]?

—Soy periodista. Escribo para *El Nuevo Día*, un **periódico**[4] popular aquí en San Juan.

—¿Sobre qué escribe?

—Escribo sobre los deportes, especialmente sobre el béisbol. El béisbol es muy popular en

---

[1] **Castillo San Cristóbal** A walled and heavily fortified citadel from the 18th century.
[2] **mientras** while
[3] **hace** do you do (formal), s/he does
[4] **periódico** newspaper

Puerto Rico. Tengo una **entrevista**[5] con Edgar Martínez el jueves. Fue elegido al **Salón de la Fama**[6].

—¿No escribe sobre la política o los **criminales peligrosos**[7]? —me pregunta Pedro—. Los crímenes son interesantes.

—A veces, sí —le digo. Es cierto. Me gusta investigar. A veces investigo y escribo sobre los criminales peligrosos—. Pero no quiero hablar más sobre mí. Quiero saber sobre usted. ¿Tiene un trabajo?

—Bueno… —dice Pedro. Parece que él está nervioso—. No puedo hablar sobre mi trabajo.

—¿Por qué no? —le pregunto.

—No puedo decir más, Gabriela. Estamos en **peligro**[8].

Yo no sé cómo responder.

---

[5] **entrevista** interview
[6] **Fue elegido al Salón de la Fama** He was elected to the Hall of Fame.
[7] **criminales** peligrosos
[8] **peligro** danger

3 | Peligro en San Juan

—¿Estamos en peligro? —digo, **después de**[1] unos momentos de silencio.

—Sí —me dice Pedro—. No puedo decir más en este momento. ¿Por qué no vamos al Castillo de San Cristóbal? Allí podemos hablar con más **anonimato**[2].

No sé qué hacer. **No conozco bien**[3] a Pedro. ¿Dice la verdad? ¿De verdad estamos en peligro? La **fortaleza**[4] es un lugar público, así que no tengo mucho miedo. Decido entrar con Pedro.

Entramos en la fortaleza. Hay muchos turistas aquí. Después de unos momentos, Pedro ve a un hombre que usa **gafas de sol**[5].

---

[1] **después de** after
[2] **anonimato** anonymity
[3] **no conozco bien...** I don't know Pedro well
[4] **fortaleza** fortress
[5] **gafas de sol** sunglasses

—Vamos —me dice Pedro y caminamos **hacia**[6] el hombre. Ellos hablan por unos momentos, pero no puedo **oír**[7] lo que dicen. Entonces Pedro y el hombre caminan hacia mí. Pedro me dice:

—Gabriela, le presento a Juan. Él es mi compañero de trabajo.

—Mucho gusto —le digo. Juan **baja**[8] las gafas de sol. Veo sus ojos azules. Es un hombre muy guapo.

—Encantado, señorita —dice Juan.

—Gabriela, yo sé que esto es muy **extraño**[9] —me dice Pedro—, pero es una situación seria. Tenemos información que usted está en peligro.

—¿Yo? —pregunto—. ¿Por qué piensan que estoy en peligro?

---

[6] **hacia** toward
[7] **oír** to hear
[8] **baja** lowers
[9] **extraño** strange

—**El Sacerdote**[10] está en la isla. Busca periodistas—dice Pedro—, especialmente periodistas que escriben sobre los criminales peligrosos.

Mi corazón **late**[11] muy fuerte y rápido. Yo sé quién es El Sacerdote. Es un criminal. Es un criminal muy **peligroso**[12].

—Pero… yo escribo sobre el béisbol —digo.

—Y a veces escribe sobre los criminales peligrosos —me dice Pedro.

Hay algo dentro de mí que confirma las palabras de Pedro. El Sacerdote me busca. Quiero llorar. Tengo mucho miedo.

—¿Qué puedo **hacer**[13]? —les pregunto.

—Señorita, tenemos un plan —me dice Juan.

---

[10] **sacerdote** priest
[11] **mi corazón late** my heart beats
[12] **peligroso** dangerous
[13] **hacer** to do, to make

El Castillo San Cristóbal. San Juan, Puerto Rico.

4 | La verdad sobre Pedro

No puedo creer todo lo que está pasando[1]. Pedro y Juan dicen que El Sacerdote, un criminal muy peligroso, me busca. No sé qué pensar. No sé qué decir. **Tengo mucho miedo**[2]. ¿Cómo puedo saber que Juan y Pedro no son **seguidores**[3] de El Sacerdote?

—Pedro… ¿cuál es su trabajo? —le pregunto. Necesito aprender más sobre mi nuevo amigo.

Pedro mira a Juan. Juan **le da permiso**[4], indicando que sí con la cabeza.

—**Pues**[5], Juan y yo somos agentes secretos. Trabajamos para la CIA. Gabriela, **tenemos que**

---

[1] **No puedo creer todo lo que está pasando** I can't believe everything that is happening
[2] **tengo mucho miedo** I'm very afraid (I have much fear)
[3] **seguidores** followers
[4] **le da permiso** gives him permission
[5] **pues** well, often used as a filler word to start sentences.

salir[6] de Puerto Rico muy pronto. El Sacerdote viene por ti. Queremos ayudarte, pero tenemos que llegar al aeropuerto. Pronto.

—**Estoy de acuerdo**[7] —les digo después de una larga pausa—. ¡Vamos al aeropuerto!

Así que[8] los tres corremos hacia el aeropuerto.

---

[6] **temenos que salir** we have to leave
[7] **Estoy de acuerdo** I'm in agreement, I agree
[8] **así qué** so

5 | En el aeropuerto

Después de correr por unos minutos, veo un taxi. Pedro, Juan y yo tomamos el taxi al aeropuerto. Pasamos por el centro histórico de San Juan. Veo los edificios que están pintados de colores bonitos. Me gusta el Viejo San Juan. Me gusta la arquitectura colonial. Tengo miedo, pero estoy emocionada.

—¿Cuál es el plan? —le pregunto a Pedro.

—Pues —dice Pedro—, tenemos que viajar.

—¿Adónde? —pregunto. Tengo mucho miedo.

—Hay muchas opciones… —dice Juan—. Podemos ir a La República Dominicana… o a la Argentina.

—No, no son buenas opciones —dice Pedro—. El Sacerdote tiene mucha influencia en esos países. Creo que **debemos**[1] ir al Ecuador.

---

[1] **debemos** we should

—Sí, sí... el Ecuador —dice Juan—. Puede ser una buena opción. Creo que no va a haber problemas en el Ecuador.

—¿Qué opinas Gabriela? —me pregunta Pedro.

No sé qué pensar. Tengo mucho miedo. Después de unos momentos de silencio les digo:

—Ustedes son los expertos. Si creen que el Ecuador es la mejor opción... yo estoy de acuerdo.

Así que los tres vamos al Ecuador en avión. Tengo miedo, pero también estoy emocionada. Creo que **viajar**[2] al Ecuador puede ser una gran aventura.

---

[2] **viajar** to travel

6 | En el avión

Cuando llegamos al aeropuerto, Pedro me da un pasaporte. Miro adentro. Veo que el pasaporte tiene mi foto, pero mi nombre es diferente. Pasamos por el punto de seguridad, pero los agentes de seguridad no me preguntan nada. ¡El pasaporte con la identidad falsa funciona perfectamente!

Viajamos al Ecuador en avión. Estoy emocionada y un poco **aliviada**[1]. Tengo sed en el avión. También **tengo sueño**[2]. Pido un agua y un café. El asistente de vuelo me los trae. «*Me gusta volar*[3]», pienso. Después de tomar mi agua y mi café, tengo sueño **todavía**[4]. No es un problema. Puedo

---

[1] **aliviada** relieved
[2] **tengo sueño** I'm sleepy (I have sleepiness); **sueño** also means dream
[3] **volar** to fly
[4] **todavía** still, yet

dormir en el avión fácilmente. Dentro de unos minutos, estoy profundamente dormida.

7 | Quito, Ecuador

Llegamos al aeropuerto de Quito, Ecuador a tres de la tarde. Es una ciudad muy bonita. Hace sol cuando salimos del aeropuerto. Para mi sorpresa, no hace calor, aunque estamos en la zona ecuatorial. Me es difícil **respirar**[1]. «*¿Qué está pasando?*», pienso.

—Quito está situada **en la cordillera de los Andes**[2] —dice Pedro—, casi a dos veces la altura de Denver, Colorado. Por eso no hace mucho calor.

—Y por eso me es difícil respirar —digo.

—Es cierto —dice Juan—. Aquí hay poco oxígeno.

Los tres tomamos un taxi a nuestro hotel. El hotel está en La Mariscal, un sector de Quito

---

[1] **respirar** to breath
[2] **la cordillera de los Andes** the Andes mountain range

reconocido[3] por su vida nocturna y actividades turísticas. En este momento, tengo náuseas. Tengo ganas de vomitar.

---

[3] **reconocido** recognized, famous

8 | En el hotel

Entramos en nuestro hotel. Tengo sueño. Quiero dormir una siesta. **Todavía me siento**[1] muy enferma.

—Oye, Pedro —le digo—. Tengo náuseas. Ay, creo que estoy enferma.

—Es normal, Gabriela —dice Pedro—. Te preparo un té.

Pedro prepara un té con unas **hojas**[2] pequeñas y verdes. Pedro me da el té y lo **bebo a sorbos**[3].

—¿Qué es? —pregunto.

—Es un té de coca —responde Pedro—. La coca es una planta. Se usa como una medicina tradicional aquí en los Andes.

---

[1] **todavía me siento** I still feel
[2] **hojas** leaves
[3] **bebo a sorbos** I take sips

Sigo tomando el té. Normalmente prefiero tomar café, pero este té de coca **está riquísimo**[4]. Después de unos minutos, me siento mucho **mejor**[5].

—Tengo hambre —dice Juan. Él se toca el estómago con la mano derecha. Es obvio que tiene mucha hambre—. Vamos a comer algo.

Nosotros **bajamos**[6] al restaurante del hotel. Hay tres hombres sentados a una mesa. Están tomando café. También están comiendo **huevos revueltos con jamón**[7]. Uno de los hombres está leyendo el periódico. En este momento, uno de los hombres me ve. Es obvio que **me reconoce**[8].

—¡Es ella! —grita el hombre.

Los tres hombres **se paran**[9] y cada uno saca una pistola.

---

[4] **está riquísimo** it's really delicious
[5] **mejor** better
[6] **bajamos** we go downstairs
[7] **huevos revueltos con jamón** scrambled eggs with ham
[8] **me reconoce** he recognizes me
[9] **se paran** they stand up

9 | El escape

Tengo miedo. No quiero **morir**[1]. Juan saca su pistola y hay un **breve tiroteo**[2]. Sin hesitación, Pedro **me taclea**[3] y grita:

— ¡Tenemos que salir de aquí!

— ¡No podemos salir sin Juan! — protesto.

— ¡Juan es un profesional! — dice Pedro —. ¡Vámonos!

Nosotros **gateamos**[4] rápidamente y salimos del restaurante. Una vez afuera, corremos a toda velocidad. Después de correr por unos minutos **paramos**[5] en un parque. Pedro mira a su alrededor.

---

[1] **morir** to die
[2] **breve tiroteo** brief series of gunshots
[3] **me taclea** tackles me
[4] **gateamos** we crawl
[5] **paramos** we stop

—¿No vamos a llamar la a policía? —le pregunto. Pedro me contesta con una pregunta:

—¿Cómo sabemos que las autoridades no trabajan para El Sacerdote?

—Entonces, ¿**qué hacemos**[6]?

—**Esperamos**[7] a Juan aquí.

—¿Por cuánto tiempo?

—Esperamos por diez minutos más. Si Juan no está aquí dentro de ese tiempo, tenemos que salir. No podemos **quedarnos**[8] aquí por mucho tiempo. Es demasiado peligroso.

Justo en este momento, vemos a Juan en la distancia. Él viene corriendo hacia nosotros. Corre lentamente. Está **herido**[9].

---

[6] **qué hacemos** what do we do
[7] **esperamos** we wait
[8] **quedarnos** to stay
[9] **herido** wounded

10 | ¿Qué vamos a hacer?

Estamos en el parque La Carolina, un espacio grande y verde en el centro de Quito, Ecuador. Juan corre hacia nosotros muy despacio. **Parece que**[1] hace *jogging*. Pedro ve que Juan está herido y le dice:

—¡Juan! ¿Estás bien?

—Estoy muy bien, gracias —dice Juan sarcásticamente.

Pedro saca un **pañuelo**[2] y pone presión en la **herida**[3] de Juan.

—¿**Qué pasó**[4] con los hombres del restaurante? —le pregunto.

---

[1] **parece que** it seems that
[2] **pañuelo** handkerchief
[3] **herida** wound
[4] **qué pasó** what happened

—Están todos **muertos**[5] —dice Juan—. **Eran seguidores**[6] de El Sacerdote. **No sabía si había más de ellos**[7], así que me escapé.

Tengo mucho miedo en este momento. Empiezo a llorar. Mientras lloro, Pedro dice:

—Juan tiene razón. **Puede haber**[8] más de ellos. No tenemos otra opción. Tenemos que salir de Quito.

—¿Adónde vamos? —le pregunto. **Sigo**[9] llorando.

—No lo sé —me dice Pedro—. No lo sé.

—Tengo mucho miedo —le digo.

—Entiendo perfectamente, Gabriela —dice Pedro, tratando de consolarme—. Es normal tener miedo en a una situación como esta.

—No puedo viajar así —dice Juan—. Tienen que ir sin mí.

---

[5] **muertos** dead
[6] **eran seguidores** they were followers
[7] **No sabía si...** I didn't know if there were more of them.
[8] **puede haber** there could be (**haber** is where we get **hay**)
[9] **sigo** continúo

—Creo que tienes razón, amigo —dice Pedro.

—¿Qué vamos a hacer? —les pregunto—. No podemos **dejar**[10] a Juan aquí.

—Vamos a una casa en el norte de la ciudad —dice Pedro—. Es un **lugar seguro**[11]. Hay un médico ahí que puede cuidar a Juan.

---

[10] **dejar** to leave
[11] **lugar seguro** safe place, safe house

El parque La Carolina. Quito, Ecuador.

11 | El lugar seguro

Los tres **nos subimos a**[1] un taxi y el chofer nos pregunta adónde vamos.

—**Eloy Alfaro y Álamos**[2] —le dice Pedro. El chofer pone el taxímetro y salimos para el lugar seguro. No hablamos mucho en el taxi. Juan trata de **esconder**[3] su herida. Dentro de treinta minutos llegamos al lugar seguro. Pedro paga al chofer y entramos en la casa. Es una casa blanca con un **tejado**[4] rojo. Juan camina al sofá y **se sienta**[5]. El médico viene y examina la herida de Juan. Parece que el médico vive en esta casa. Parece que sus únicos pacientes son agentes secretos.

---

[1] **nos subimos a** we get into
[2] **Eloy Alfaro y Álamos** Street names
[3] **esconder** to hide
[4] **tejado** tile roof
[5] **se sienta** sits down

—Eres un hombre muy afortunado, amigo —dice Pedro—. Otro centímetro a la izquierda y...

—**Habría terminado**[6] como esos hombres en el restaurante —dice Juan, terminando la frase de Pedro.

—Exactamente —dice Pedro. Entonces Pedro me mira a mí—. Gabriela, vamos a dejar a Juan aquí. Tú y yo tenemos que salir. No podemos **quedarnos**[7] aquí por mucho tiempo.

—¿Por qué no? —le pregunto. Tengo miedo. No quiero salir del lugar seguro.

—El Sacerdote te busca, Gabriela —dice Pedro—. Quedarnos aquí es demasiado peligroso.

—Estoy cansada de correr —le digo. Es verdad. **Ya no**[8] quiero correr más. Ya no quiero tener más miedo.

—Entiendo, Gabriela —me dice Pedro—, pero **hay más en ti de lo que crees**[9].

---

[6] **habría terminado** I would have ended up
[7] **quedarnos** to stay
[8] **ya no** no longer
[9] **hay más en ti...** there's more in you than you think

En este momento, hay un cambio dentro de mí. Decido que quiero **enfrentar**[10] mi miedo.

—¿Por qué no **damos la vuelta a la tortilla**[11]? —le pregunto.

—¿Qué dices? —me pregunta Pedro.

—Vamos a atacar, no defender —le digo—. Vamos a buscar a El Sacerdote y capturarlo **de una vez**[12].

—¿Sabes qué? —dice Pedro—, creo que tienes razón. Solo hay un problema. No sabemos dónde está…

---

[10] **enfrentar** confront, face
[11] **damos la vuelta a la tortilla** turn the tables (lit. turn over the tortilla)
[12] **de una vez** once and for all

Gabriela, Pedro y Juan conversan en el lugar seguro.

12 | Noticias[1]

Hay un silencio profundo. ¿Dónde puede estar El Sacerdote? Queremos buscarlo. Queremos encontrarlo. Queremos enfrentarlo. Queremos capturarlo. Queremos terminar con este juego loco. De repente, hay un toque en la puerta. Pedro saca su pistola y va a la puerta. Mira por la **mirilla**[2], pero no ve a nadie.

—¿Quién está ahí? —le pregunto en voz baja.

—No veo a nadie, Gabriela —dice Pedro. En este momento, **un sobre**[3] pasa por debajo de la puerta. Pedro lo toma y lo abre rápidamente. Dentro del sobre hay una hoja de papel y Pedro lo lee con mucha atención.

—¿De quién es? —le pregunto—. ¿Qué dice?

---

[1] **noticias** news
[2] **mirilla** peephole
[3] **un sobre** an envelope

—Es de la oficina central. Hay información sobre El Sacerdote. Gabriela, él está aquí en Quito.

13 | Más detalles

No puedo creerlo. Según la información de la oficina central, El Sacerdote está aquí en Quito. Tengo muchas preguntas. ¿Por qué está aquí? ¿Está **siguiéndonos**[1]? ¿Dónde está exactamente? La ciudad es muy grande. Puede estar **en cualquier parte**[2].

—¿Hay más información? ¿Dónde está exactamente? —le pregunto a Pedro.

—La información es un poco vieja —responde Pedro—, pero **ayer estaba**[3] en la **estatua de la Virgen de El Panecillo**[4].

—¿Qué es la Virgen de El Panecillo? —le pregunto.

---

[1] **siguiéndonos** following us
[2] **en cualquier parte** anywhere
[3] **ayer estaba** yesterday he was
[4] **See the brief reading at the end of chapter 13**

—Es una estatua de la Virgen María —responde Pedro—. Está en el centro de la ciudad.

—¿Es El Sacerdote turista? o ¿qué? —le pregunto sarcásticamente.

—No, no creo —dice Pedro, serio.

—¿Crees que está ahí **todavía**[5]? —le pregunto.

—Es posible, Gabriela —dice Pedro—, pero no estoy seguro.

—Bueno —le digo—, solo hay una manera de **averiguarlo**[6].

—Es exactamente lo que yo **pensaba**[7]—dice Pedro—. ¿Sabes qué, Gabriela? **Pareces**[8] una agente secreta de verdad.

—¿Para qué estamos esperando? —le digo, emocionada—. ¡Vámonos!

---

[5] **todavía** still
[6] **averiguarlo** to find out
[7] **pensaba** I was thinking
[8] **pareces** you seem like

32

La Virgen de El Panecillo is a large statue of the Virgin Mary. It overlooks the city of Quito in a protective fashion. It is one of the only sculptures to depict the Virgin Mary with wings. Standing at 41 meters (~135 feet), it's the tallest aluminum statue in the world.

La Virgen de El Panecillo. Quito, Ecuador.

14 | La Virgen de El Panecillo

Dejamos a Juan en el lugar seguro con el médico. Sabemos que él está en buenas manos. Pedro y yo nos subimos a un taxi y vamos a la Virgen de El Panecillo. Es una estatua impresionante. La Virgen María tiene **alas**[1] y una **corona de estrellas**[2]. En la base de la estatua hay un globo. Un dragón serpentino está encima del globo y la Virgen María **está pisando**[3] el dragón. Parece que María está **salvando el mundo**[4].

—Es muy bonita —le digo a Pedro.

—Estoy de acuerdo —dice Pedro, **ausente**[5]. Parece que a Pedro no le interesa el arte. Está mirando a su alrededor. Está buscando a El

---

[1] **alas** wings
[2] **corona de estrellas** a crown of stars
[3] **pisando** stepping on
[4] **salvando el mundo** saving the world
[5] **ausente** distracted, absent

Sacerdote. A mí me gusta el arte. Me gusta mucho. Estoy admirando la estatua cuando oigo una voz.

—**Vaya, vaya, vaya**[6] —dice la voz. **Me volteo**[7] y veo a un hombre bajo y gordo. Sé quién es. Es El Sacerdote.

---

[6] **vaya, vaya, vaya** well, well, well (**vaya** is a form of **ir**)
[7] **me volteo** I turn around

15 | El Sacerdote

—¡Gabriela! —grita Pedro. Saca su pistola, pero dos hombres **lo agarran¹**. Su pistola **se le cae al suelo²**—. ¡Corre! **¡Sal de aquí!³**

Empiezo a correr.

—¡Agárrenla! —grita El Sacerdote. Otros dos hombres más están corriendo detrás de mí. Tengo miedo. No sé adónde ir. Entro en la base de la estatua. Dentro de la estatua hay unas **escaleras⁴**. Empiezo a **subir⁵**. Subo lo más rápido posible. Hay una puerta que va a la plataforma de observación. Paso por la puerta y miro hacia abajo. Justo debajo de mí, Pedro está **luchando⁶** contra

---

¹ **lo agarran** they grab him
² **se le cae al suelo** it falls to the ground (unplanned event)
³ **¡Sal de aquí!** Get out of here!
⁴ **escaleras** stairs
⁵ **subir** to climb
⁶ **luchando** struggling

los hombres **todavía**[7]. El Sacerdote está enfrente de Pedro y ellos están hablando. No puedo oír lo que están diciendo. No tengo mucho tiempo. Los hombres están detrás de mí. Si no hago algo ahora, me van a agarrar. Estoy decidida. El Sacerdote no me va a tomar prisionera. No tengo otra opción. Tengo que **saltar**[8].

---

[7] **todavía** still
[8] **saltar** to jump

16 | El salto

Salto. **Caigo**[1]. El mundo está en pausa. Veo **mi vida brillar ante mis ojos**[2]. Entonces **aterrizo en los hombros**[3] de El Sacerdote. Estoy viva.

—¡AHHHHHHH! —grita el hombre gordo. Los hombres que tienen a Pedro **lo sueltan**[4] para ayudar a su jefe. **Me levanto**[5] y corro lejos de los hombres. Pedro viene para ayudarme a mí.

—¿Estás bien Gabriela? —me pregunta Pedro.

—Estoy bien —le digo. En este momento escucho sirenas en la distancia.

— La policía viene…. ¡Tenemos que salir de aquí! —grita El Sacerdote. El Sacerdote y sus

---

[1] **caigo** I fall
[2] **mi vida...** my life flash before my eyes
[3] **aterrizo en los hombros** I land on the shoulders
[4] **lo sueltan** they let him go
[5] **me levanto** I get up

seguidores empiezan a correr. Por ser tan gordo, El Sacerdote puede correr muy rápido.

—**¡Vamos a seguirlos!**[6] —grito.

Corremos detrás de los criminales por al menos cinco kilómetros. Entonces llegamos a la **Plaza de la Independencia**[7]. Desafortunadamente, los criminales **desaparecen entre la multitud**[8].

—**¡Híjole!**[9] —grito—. ¡El Sacerdote se escapó!

—No estoy tan seguro de eso… —dice Pedro, apuntando a un hombre en la distancia. Veo a un guardia de seguridad. El guardia taclea a El Sacerdote. Justo en este momento, unos diez policías llegan a la Plaza de la Independencia. Corren hacia El Sacerdote y lo arrestan.

Pedro me mira y me dice:

---

[6] **¡Vamos a seguirlos!** Let's follow them!
[7] **La Plaza**… Independence Square. Home to many important political, religious and economic buildings, **La Plaza de la Independencia** is the main and central plaza in Quito, Ecuador.
[8] **desaparecen entre la multitud** they disappear into the crowd
[9] **¡Híjole!** Dang!

—Buen trabajo, Gabriela. ¿Sabes qué? **Serías**[10] una muy buena agente secreta.

—Es exactamente lo que yo pensaba —le digo.

---

[10] **serías** you would be

Gabriela salta de la plataforma de observación.

17 | La entrevista

Estoy **de vuelta**[1] en mi casa en San Juan, Puerto Rico. Por lo general, mi vida **ha vuelto a la normalidad**[2]. Hoy es el veintitrés de julio. Es un día importante para mí. Hoy voy a **entrevistar**[3] a Edgar Martínez. Una hora antes de la entrevista, salgo de mi casa. Veo a un hombre que vende periódicos. Hay un **titular**[4] que me llama la atención: "El Sacerdote arrestado en Quito, Ecuador". El autor del artículo es Pedro Hernández. Pienso en mi aventura en el Ecuador y **sonrío**[5]. Compro un periódico y leo todo el artículo. Parece que hay

---

[1] **de vuelta** I'm back
[2] **ha vuelto a la normalidad** has returned to normal
[3] **entrevistar** to interview
[4] **titular** headline
[5] **sonrío** I smile

un problema con la **imprenta**[6] porque unas cuantas letras están **en negritas**[7].

El Sacerdote es un **ho**mbre pe**l**igroso, pero **a** un **gua**rdia del **B**anco Cent**r**al no le **i**mportó. **El** guardi**a** ha**b**ló de sus acci**o**n**es** heroicas. "**N**o **ven**go de una fam**i**lia **d**e much**a** plat**a**", dijo e**l** hombre **a** la prensa el mié**r**coles, "así que recibi**r** este reconocimiento es un gra**n** honor."

«*Bueno, mi vida ha vuelto a la nueva normalidad*», pienso en voz alta.

---

[6] **imprenta** printing press
[7] **en negritas** in bold

Glosario de vocabulario

a *to, at*
abajo *down*
abre *he opens, she opens*
acciones *actions*
actividades *activities*
acuerdo *agreement*
además *in addition, additionally*
adentro *inside*
admirando *admiring*
adónde *to where*
aeropuerto *airport*
afortunado *fortunate*
afuera *outside*
agarran *they grab*
agarrar *to grab*
agárrenla *grab her*
agente *agent*
agua *water*
ahí *there*
ahora *now*
al *to the (a + el)*
alas *wings*
algo *something*
aliviada *relieved*
alrededor *around*
altura *height*
amigo *friend*
ante *before, in the face of*
antes *before*
anonimato *anonymity*
años *years*
aprender *to learn*
apuntando a *pointing at*
aquí *here*
arquitectura *architecture*

arrestado *arrested*
arrestan *they arrest*
arte *art*
artículo *article*
así *like this*
así que *so*
asistente *assistant*
atacar *to attack*
atención *attention*
aterrizo *I land*
  aterrizo en los hombros *I land on the shoulders*
atlético *athletic*
aunque *even though, although*
ausente *distracted, absent*
autor *author*
autoridades *authorities*
aventura *adventure*
averiguarlo *to find out*
avión *plane*
ayer *yesterday*
ayer estaba *yesterday he was*
ayuda *help*
  ayudarme *to help me*
  ayudarte *to help you*
azules *blue*
baja *lowers*
bajamos *we go downstairs*
bajo *short*
banco *bank*
base *base*
bebo *I drink*
bebo a sorbos *I take sips*
béisbol *baseball*
bicicleta *bicycle*

bien *well*
blanca *white*
bonita *pretty*
breve *brief*
 breve tiroteo *brief series of gunshots*
brillar *to shine*
bueno *good*
busca *he/she looks for*
buscando *looking for*
buscar *to look for*
 buscarlo *to look for him*
cabeza *head*
cada *each*
cae falls
café *coffee, café*
caigo *I fall*
calor *heat*
calvo *bald*
cambio *change, I change*
camina *he/she walks*
caminamos *we walk*
caminan *they walk*
cansada *tired*
capturarlo *to capture him*
Caribe *Caribbean*
casa *house*
casi *almost*
centímetro *cemtimeter*
central *central*
centro *center*
cerca de *close to*
chofer *driver*
cierto *certain, true*
cinco *five*
cincuenta *fifty*
ciudad *city*
colonial *colonial*
colorado *red*
colores *colors*
comer *to eat*
cómicas *funny*
comiendo *eating*

como *like, as; I eat*
cómo *how*
compañero *classmate*
compro *I buy*
con *with*
consolarme *to console me*
contesta *he/she answers*
contra *against*
corazón *heart*
cordillera *mountain range*
corona *crown*
corona de estrellas *crown of stars*
corre *he/she runs*
corremos *we run*
corer *to run*
corriendo *running*
corro *I run*
cosas *things*
costa *coast*
cree *he/she believes*
creerlo *to believe it*
crees *you believe*
creo *I believe*
criminal *criminal*
cuál *which, what*
cualquier parte *anywhere*
cuando *when*
cuánto *how much, how many*
cuidar *to take care of*
da *he/she gives*
damos *we give*
damos la vuelta a la tortilla *turn the tables (lit. turn over the tortilla)*
de *of, from*
 de repente *suddenly*
 de una vez *once and for all*
 de vuelta *back*
debajo *under*
debemos *we should*
decide *he/she decides*
decidida *decided*

decido *I decide*
decir *to say, to tell*
defender *to defend*
dejamos *we leave (behind)*
dejar *to leave (behind)*
del *of the (de + el)*
del mundo *of the world*
delgado *thin*
demasiado *too much*
dentro *inside*
deportes *sports*
derecho *right*
desafortunadamente *unfortunately*
desaparecen *they disappear*
despacio *slow, slowly*
después de *after*
detrás *behind*
día *day*
dice *he/she says*
dicen *they say*
dices *they say*
diciendo *saying*
diez *ten*
diferente *different*
difícil *difficult*
digo *I say*
dijo *he/she said*
dinero *money*
distancia *distance*
dónde *where*
dormida *asleep*
dormir *to sleep*
dos *two*
dragón *dragon*
ecuatorial *equatorial*
edificios *buildings*
el *the*
él *he*
elegido *chosen*
ella *she*
ellos *they*
emocionada *excited*

empiezan *they begin*
empiezo *I begin*
en *in, on*
  ¿En serio? *Seriously?*
  en cualquier parte *anywhere*
  en negritas *in bold*
encantado *charmed*
encima *on top*
encontrarlo *to find it*
enferma *sick*
enfrentar *to confront, to face*
enfrentarlo *to confront him*
enfrente *in front of*
entiendo *I understand*
entonces *so, then, so then*
entramos *we enter*
entre *between, among*
entrevista *interview*
entrevistar *to interview*
entro *I enter*
eran *they were*
eran seguidores *they were followers*
eres *you are*
es *he/she is, it is*
escaleras *stairs*
escape *I escaped*
esconder *to hide*
escribe *he/she writes*
escriben *they write*
escribo *I write*
escucho *I listen*
ese *that*
eso *that*
esos *those*
espacio *space*
especialmente *especially*
esperamos *we wait*
esperando *waiting*
esta *this*
está *he/she is, it is*
  está riquísimo *it's really delicious*

estaba *he/she was, I was*
estamos *we are*
están *they are*
estar *to be*
estás *you are*
estatua *statue*
este *this*
esto *this*
estómago *stomach*
estoy *I am*
 estoy de acuerdo *I'm in agreement, I agree*
estrellas *stars*
exactamente *exactly*
examina *he/she examines*
extraño *strange*
fácilmente *easily*
falsa *false*
fama *fame*
familia *family*
fortaleza *fortress*
foto *photo (f.)*
frase *phrase*
fue *was*
fuerte *strong*
funciona *it works*
gafas *glasses*
 gafas de sol *sunglasses*
ganas *wants, urges*
gateamos *we crawl*
general *general*
globo *globe*
gordo *fat*
gracias *thanks*
gran *great*
grande *big*
grita *he/she yells*
grito *I yell*
guapo *handsome*
guardia *guard*
gusta *it pleases*
ha *he/she has, it has (has done something)*

había *there was, there were*
hablamos *we talk, we spoke*
hablan *they talk, they speak*
hablando *talking*
hablar *to talk, to speak*
habló *he/she talked, he/she spoke*
habría *I would have (done something)*
 habría terminado *I would have ended up*
hace *do you do (formal), s/he does*
hacemos *we do, we make*
hacer *to do, to make*
hacia *toward*
hago *I do, I make*
hambre *hunger*
herida *wound*
herido *wounded*
heroicas *heroic*
hesitación *hesitation*
¡Híjole! *Dang!*
histórico *historic*
hojas *leaves*
hola *hello*
hombre *man*
hombros *shoulders*
honor *honor*
hora *hour*
hotel *hotel*
hoy *today*
huevos *eggs*
 huevos revueltos con jamón *scrambled eggs with ham*
humilde *humble*
identidad *itentity*
importaba *was important*
importante *important*
importó *it mattered*
imprenta *printing press*
impresionante *impressive*
independencia *independence*
indicando *indicating*

influencia *influence*
información *information*
inteligente *intelligent*
interesa *it interests*
interesantes *interesting*
investigar *to investigate*
investigo *I investigate*
isla *island*
izquierda *left*
jamón *ham*
jefe *boss*
joven *young*
juego *game*
jueves *Thursday*
julio *July*
juntos *together*
justo *just*
kilómetros *kilometers*
la cordillera de los Andes *the Andes mountain range*
largo *long*
las *the, them*
late *it beats*
le *to him/her*
  le da permiso *gives him permission*
lee *he/she reads*
lejos *far*
lentamente *slowly*
leo *I read*
les *to them, to y'all*
letras *letters*
levanto *I raise*
leyendo *reading*
llama *he/she calls*
llamar *to call*
llamo *I call*
llegamos *we arrive*
llegar *to arrive*
llorando *crying*
llorar *to cry*
lloro *I cry*
lo *it, him*

lo agarran *they grab him*
lo sueltan *they let him go*
loco *crazy*
los *the, them, y'all*
lugar *place*
  lugar seguro *safe place, safe house*
manera *way, manner*
mano *hand*
mapa *map*
más *more*
me *me, to me*
me gusta *to me pleasing it is (In English, "I like")*
me levanto *I get up*
me reconoce *he recognizes me*
me taclea *tackles me*
me volteo *I turn around*
medicina *medicine*
médico *medic, doctor*
medio *half*
mejor *better*
  la mejor *the best*
menos *less*
mesa *table*
mi, mis *my*
  mi corazón late *my heart beats*
mí *me*
miedo *fear*
mientras *while*
miércoles *Wednesday*
minutos *minutes*
mira *he/she looks*
mirando *looking*
mirilla *peephole*
miro *I look*
mis *my*
misma *same*
momento *moment*
morir *to die*
mucha, mucho *much, a lot*
muertos *dead*
mujer *woman*

multitud *crowd*
mundo *world*
muy *very*
nada *nothing*
náuseas *nausea*
necesito *I need*
negritas *bold*
no *no; not*
nocturna *relating to the night*
nombre *name*
normal *normal*
normalidad *normalcy*
normalmente *normally*
norte *north*
nos *us, to us, ourselves*
nos subimos a *we get into*
nosotros *we*
noticias *news*
nuestro *our*
nueva, nuevo *new*
o *or*
observación *observation*
obvio *obvious*
océano *ocean*
oficina *office*
oigo *I hear*
oír *to hear*
ojos *eyes*
opción *option*
  opciones *options*
otra, otro *other, another*
oxígeno *oxygen*
oye *listen*
pacientes *patients*
pacífico *pacific*
paga *he/she pays*
 country
panecillo *little bread*
pañuelo *handkerchief*
papel *paper*
para *for, in order to*
paramos *we stop*
paran *they stop*

parece
parece que *it seems that*
pareces *you seem like*
parque *park*
pasa *happens, passes*
pasamos *we pass*
pasando *passing, happening*
pasaporte *passport*
paso *I pass*
pasó *he/she passed, it happened*
pausa *pause*
peligro *danger*
peligroso *dangerous*
pelo *hair*
pensaba *I was thinking*
pensar *to think*
pequeña *small*
perdido *lost*
perfectamente *perfectly*
periodista *journalist*
permiso *permission*
pero *but*
perro *dog*
pido *I ask for, I order*
pienso *I think*
pintados *painted*
pisando *stepping on*
pistola *pistol*
plan *plan*
planta *plant*
plata *money (lit. silver)*
plataforma *platform*
playa *beach*
plaza *plaza, square*
poco *little*
podemos *we can*
policía *police*
política *politics*
pone *he/she puts*
popular *popular*
por *for*
porque *because*
posible *possible*

prefiero *I prefer*
pregunta *question, he/she asks a question*
preguntan *they ask (a question)*
pregunto *I ask (a question)*
prensa *press*
prepara *he/she prepares*
preparo *I prepare*
presento *I present*
presión *pressure*
prisionera *prisoner*
problema *problem*
profesional *professional*
profundamente *profoundly, deeply*
profundo *profound, deep*
pronto *soon*
protesto *I protest*
puede *he/she can*
  puede haber *there could be (**haber** is where we get **hay**)*
puedo *I can*
puerta *door*
puerto *port*
pues *well*
punto *period, point*
que *that, than*
qué *what*
  qué hacemos *what do we do*
  qué pasó *what happened*
quedarnos *to stay (ourselves)*
queremos *we want*
quién *who*
quiero *I want*
rápidamente *quickly*
rápido *fast, quickly*
razón *reason*
recibir *to receive*
reconoce *he/she recognizes*
reconocido *recognized, famous*
reconocimiento *recognition*
república *republic*
respirar *to breath*

responde *he/she responds*
responder *to respond*
respondo *I respond*
restaurante *restaurant*
revueltos *scrambled*
rico *rich, delicious*
riquísimo *very rich, very delicious*
rojo *red*
sabemos *we know*
saber *to know*
sabes *you know*
sabía *I knew, he/she knew*
saca *takes out*
sacerdote *priest*
sal *leave*
¡Sal de aquí! Get out of here!
sale *he/she leaves*
salgo *I leave*
salimos *we leave*
salir *to leave, to go out*
saltar *to jump*
salto *I jump*
saludarlo *to greet him*
salvando *saving*
san *saint*
sarcásticamente *sarcastically*
se *himself/herself, oneself, themselves, to them, to him, to her*
  se escapó *he/she escaped*
  se le cae al suelo *it falls to the ground (unplanned event)*
se paran *they stand up*
se sienta *sits down*
  se llama *he calls himself, she calls herself*
  se usa it is used
  se toca he touches (himself)
sé *I know*
secreta *secret*
sector *sector*
sed *thirst*
seguidores *followers*

seguirlos *to follow them*
seguridad *security*
seguro *sure, safe*
sentados *seated*
señor *sir*
señorita *miss*
ser *to be*
seria, serio *serious*
serías *you would be*
serpentino *snakelike*
sienta *sits*
siento *I sit*
siesta *nap*
sigo *continúo*
siguiéndonos *following us*
silencio *silence*
sin *without*
sirenas *sirens*
situación *situation*
situada *situated*
sobre *about, envelope*
sofá *sofa*
sol *sun*
solo *only, alone*
somos *we are*
son *they are, y'all are*
sonrío *I smile*
sorbos *sips*
sorpresa *surprise*
soy *I am*
su, sus *his, her, their*
subimos *we climb*
subir *to climb*
subo *I climb*
suelo *ground*
sueltan *they let go*
sueño *dream*
sus *his, her, their*
taclea *he/she tackles*
tal *such*
también *also*
tan *so*
tarde *late*

taxi *taxi*
taxímetro *taximeter*
te *yourself, you, to you*
té *tea*
tejado *tile roof*
temenos que salir *we have to leave*
tenemos *we have*
tener *to have*
tengo *I have*
tengo mucho miedo *I'm very afraid (I have much fear)*
tengo sueño *I'm sleepy (I have sleepiness)*
terminado *finished*
terminando *finishing*
terminar *to finish*
ti *you*
tiempo *time, weather*
tiene *he/she has*
tienen *they have*
tienes *you have*
tiroteo *gunfight*
titular *headline*
toda, todo *all*
todavía *still, yet*
  todavía me siento *I still feel*
toma *he/she takes, drinks*
tomamos *we take, we drink*
tomando *taking, drinking*
tomar *to take, to consume*
toque *knock, touch*
tortilla *tortilla*
trabajamos *we work*
trabajan *they work*
trabajo *I work, job*
tradicional *traditional*
trae *he/she brings*
trata de *he/she tries*
tratando *trying*
treinta *thirty*
tres *three*
tú *you*

turista *tourist*
turísticas *touristy*
un *a, one*
una *a, one*
unas, unos *some*
únicos *only*
uno *one*
usa *he/she uses*
usar *to use*
usted *you, formal*
va *he/she goes*
vacaciones *vacation*
vámonos *let's get going*
vamos *let's go*
¡Vamos a seguirlos! Let's follow them!
van *they go*
vaya, vaya, vaya *well, well, well (vaya is a form of ir)*
ve *he/she sees*
veces *times*
veintitrés *twenty-three*
veintiún *twenty-one*
velocidad *velocity, speed*
vemos *we see*
vende *he/she sells*
vengo *I come*
veo *I see*
verdad *true, truth*
verde, verdes *green*
vez *time*
viajamos *we travel*
viajar *to travel*
vida *life*
vieja, viejo *old*
viene *he/she comes*
virgen *virgin*
visto *seen*
viva *alive*
vive *he/she lives*
vivo *I live*
volar *to fly*
volteo *I turn around*

vomitar *to vomit*
voy *I go*
voz *voice*
vuelo *I fly*
vuelta *return*
vuelto *returned*
y *and*
ya *already*
ya no *no longer*
yo *I*
zona *zone*

Sobre el autor

Andrew J. Snider is the author of several novels, books and courses that help people improve their abilities in Spanish. In 2014 he founded Reading 633 (of which Read to Speak Spanish is a part), an organization dedicated to helping students and educators make the most out of their classroom language-learning experience. Andrew is happily married, and he and his wife have two beautiful, bilingual children. Over the years, Andrew has taught Spanish at the high school and college levels. Currently, he and his family live in Puyallup, Washington, where he is an Adjunct Assistant Professor of Spanish at Pierce College.

Other works from Reading 633:

La vida loca de Marta

Las tres pruebas

La espía huérfana

Made in the USA
Lexington, KY
29 May 2019